I0551445

LE GÂTEAU
A DEUX FÉVES,
DIVERTISSEMENT

En un Acte & en Vaudevilles,

Par MM. DE PIIS & BARRÉ;

représenté pour la premiere fois, à Paris, le Dimanche 6 Janvier 1782, par les Comédiens Italiens Ordinaires du Roi.

A PARIS,

Chez VENTE, Libraire des Menus Plaisirs du Roi, rue des Anglois, près celle des Noyers.

◄══════════════►

M. DCC. LXXXII.

Avec Approbation & Permission.

PERSONNAGES,	ACTEURS,
DENISE, fille de Martin,	M.me Dugazon.
SIMON, fils de Grégoire,	M. Michu.
LUBIN, fils de Martin,	M.lle Desbrosses.
MARTIN, pere de Denise & de Lubin,	M. Rosiere.
GRÉGOIRE, pere de Simon,	M. Menier.
LE BAILLI,	M. Trial.
LE FRATER,	M. Chevalier.
LE MAGISTER,	M. Favart.
LE CARILLONNEUR,	M. Dufrenoi.
AUTRES PERSONNAGES.	

Le Théâtre représente l'intérieur d'une Chambre rustique. A droite est une grande cheminée dans laquelle on a pratiqué un four : à gauche est la porte d'entrée, & dans le fond regne une galerie qui conduit à des greniers.

LE GÂTEAU
A DEUX FÉVES,
DIVERTISSEMENT.

SCENE PREMIERE.

DENISE & fon frere LUBIN.

LUBIN, à part.

'Air : *A l'arrivée d'un bon Jambon.*

JE fuis fûr que ma fœur Denife
Ici, ce foir attend Simon ;
Que lui veut donc ma fœur Denife,
Mais fur-tout que lui veut Simon ?

DENISE, *appercevant Lubin.*

Faut-il que je vous le redife ?
Allez coucher, petit garçon.

LUBIN.

Je ne veux plus qu'on me maitrife,
Je ne fuis plus petit garçon.

'(*A part.*)

Peur qu'il ne vienne, la rufée

A ij

Prétend me forcer à fortir ;
Et parce qu'elle eft éveillée,
Elle veut m'envoyer dormir.

AIR : *Non, ma chere Life, non, non, non.*

Non, Mademoifelle,
Non, non, non,
C'eft le jour des Rois, & ce jour là je me rappelle
Que j'ai tous les ans à la maifon,
Pour fouper à table une fort bonne raifon.

DENISE.

AIR : *Dodo, l'enfant do !*

Ce n'eft pas pour ce foir encor,
Et mon pere a remis la fête.

LUBIN.

Dans ce cas-là, ma fœur, j'ai tort,
Je ne veux plus vous tenir tête,
Allons coucher puifqu'il le faut,
Bon foir, ma fœur, je fuis en haut.

(*A part & en faifant femblant de fortir.*)

Dodo, l'enfant dormira tantôt.

DENISE.

AIR : *De la Lanterne Magique.*

Moment cruel & profpere,
Viendra-t-il avant mon pere ?
Je le crains & je l'efpere.
Tirons fur nous
Les verrous ;
Dans trois jours fans plus attendre,
Simon fera mon époux ;
Arrêtons.... je crois l'entendre :
Mais avec fon air fi doux

S'il alloit trop entreprendre,
Ne nous laiſſons pas ſurprendre,
On doit craindre de ſe rendre
Quand on donne un rendez-vous.

(*Lubin ſe cache dans le four.*)

SCENE II.

DENISE, SIMON, *en dehors,* & LUBIN, *caché.*

SIMON, *en dehors.*

OH ! ma charmante Maitreſſe,
Eſt-ce ainſi que l'on me laiſſe ?
Quoi, malgré votre promeſſe
Je ne puis entrer chez vous !

DENISE.

Si je manque à ma promeſſe,
Ne vous en prenez qu'à vous ;
Car vous m'embraſſez ſans ceſſe
Quand je ſuis ſeule avec vous.

DENISE.	SIMON.
Dût-il m'embraſſer, qu'importe,	Peut-on agir de la ſorte ?
Mon amour enfin l'emporte,	Que l'amour enfin l'emporte,
Tant qu'il demeure à la porte,	Tant que je reſte à la porte,
C'eſt abuſer des verrous.	C'eſt abuſer des verrou.

DENISE.

AIR : *Il eſt certain qu'un jour de l'autre mois.*

Seul avec moi, cher Amant, te voilà,
Mais d'un peu loin parlons-nous & pour cauſe ;
Vous avancez ; s'il vous plaît, halte-là :
Faiſons avant une petite clauſe,

A iij

Par les deux bouts prenons ce ruban-là,
Et qu'entre nous il ferve de barriere.

SIMON.

Ofes-tu bien me propofer cela!

DENISE.

Tu ne veux pas:

SIMON.

Je ne veux pas.

DENISE.

J'appellerai, j'appellerai mon frere.

SIMON.

Il me faut donc vouloir ce que tu veux.
De ce ruban la longueur eft extrême;
Qu'il eft cruel quand on n'eft plus que deux,
D'être à dix pas de celle que l'on aime!
Je ne faurois, diftrait par tes beaux yeux,
Tendre toujours ce lien trop févere,
Tu vois pourtant que j'y fais de mon mieux.

DENISE.

Ah! vous lâchez,   *bis.*
J'appellerai, j'appellerai mon frere.

De mon côté, quand il avancera,
En reculant diminuons fa tâche.

SIMON, *à part.*

Maudit ruban, ma main t'accourcira
Sans toutefois que tu fembles plus lâche;
(*Il l'embraffe.*)
Si le ruban eft encore étendu,
Denife a tort de fe mettre en colere.

DENISE.

Va, va, fripon, mon cœur t'a répondu,
Le mal eſt fait. *bis.*

DENISE.	**LUBIN,** *ſortant ſa tête hors du four.*
N'appellons plus mon frere.	Appelle donc ton frere !

LUBIN.

AIR : *Tout le long de la riviere.*

C'eſt fort bien l'entendre,
J'ai vu tout cela ;
Cette leçon tendre
Demeürera là,
Il fait toujours bon apprendre
Ces manieres-là ;
Je ſaurai comment m'y prendre
Quand mon tour viendra.

(*A Simon.*)

Des doux tête-à-tête
Qu'on m'accordera,
Quand fillette honnête
Se repentira,
Sans paroître la çomprendre
Je reſterai-là ;
Je ſaurai, &c.

(*A Deniſe.*)

Et quand la bonne ame
Me refuſera
Un baiſer de flâme,
Ça ſignifiera
Que je puis tout entreprendre
Pour arriver là ;
Je ſaurai, &c.

A iv

SIMON & DENISE.

AIR : *Viens, charmante Annette.*

Sur tout ce myflere
Pourras-tu te taire ?

LUBIN.

Va, ma chere fœur,
Appaife ta frayeur ;
Mais pour récompenfe
D'un pareil filence,
Mettez-moi toujours
De vos leçons d'amours.

DENISE & SIMON.

Oui, pour récompenfe
D'un pareil filence,
Tu feras toujours
De nos leçons d'amours.

SCENE III.

MARTIN, LUBIN, DENISE & SIMON.

MARTIN.

AIR : *L'Amour galant, c'eft fon ufage.*

Pour faire ici les Rois, ma Chere,
Tous mes bons amis vont venir,
Il nous faut faire grande chere.

LUBIN, *à Denife.*

J'ai bien fait de ne pas dormir.

MARTIN.

Tu vas avoir bien de la peine,
Car je compte fur la douzaine.

DENISE.

On en auroit vingt à traiter,
Que j'y verrois un remede;
Je faurai bien vous contenter
Pourvu que quelqu'un m'aide.

(En regardant Simon.)

MARTIN.

Mais il ne faut pas qu'on lanterne,
J'ai vu le Bailli, le Frater.
Toi, Lubin, prends notre lanterne,
Et vas prier le Magifter.

LUBIN.

Oh! dame, c'eft qu'on n'y voit goutte,
Tout feul j'aurois trop peur en route;
Vous favez bien que fa maifon
Eft là bas, là bas, dans la campagne;
J'irai, mais comme de raifon,
Que Simon m'accompagne.

SIMON.

AIR: *Un beau jour que gros Réné.*

Ce n'eft pas ma faute à moi,
Il faut bien, Denife,
Pour diffiper fon effroi,
Que je le conduife;
Mais calmez votre fouci,
Pour vous, ma petite,
Ici,
Je reviens bien vîte.

SCENE IV.

MARTIN & DENISE.

MARTIN.

AIR : *Ce n'eſt que dans la retraite.*

Toi, va-t-en prier Grégoire
De me prêter à l'inſtant......
Mais il ſeroit plus prudent......
Ma fille, prends l'écritoire......
Mais comment lui tourner ça ?
Ecris toujours ; ça viendra.

AIR : *Non, je ne ferai pas.*

Viens ça, mon cher ami.... tirer chez moi la feve,
Tu me feconderas.... pour que mon vin s'acheve,
Et j'eſpere à la fin.... du plus gai des feſtins,
Que tu m'enleveras.... par tes joyeux refrains.

AIR : *Boire à ſon tire lire, lire !*

Je ne ſuis pas au bout ;
Mais quelle inadvertance !
J'allois la mettre en tout
Dans cette confidence.

(*Il déchire la lettre.*)

Je ferai mieux d'y faire un tour :
Toi, ma fille, pour le plus court,
Mets le gâteau dans notre four
Pour mon retour.

SCENE V.

DENISE, *en pétrissant la pâte.*

AIR : *Languedocien.*

Tout le monde a su le malheur
De la pauvre Jeannette,
Qui le soir mouroit de frayeur
Seule dans sa chambrette.
     Oh ! fillettes,
     N'ayez jamais peur
   Tant que vous serez seulettes.

On chante assez quand on a peur,
Aussi faisoit Jeannette,
En répétant d'un air rêveur
Certaine chansonnette.
     Oh ! fillettes, &c.

Passe un des fils de Monseigneur,
A la voix de Jeannette
Il connoît quelle est sa frayeur,
Et monte à sa chambrette.
     Oh ! fillettes, &c.

Trois fois de suite & de bon cœur,
Il embrasse Jeannette,
Et puis il part, le séducteur,
Comme un trait d'arbalette.
     Oh ! fillettes, &c.

Oh ciel ! il emporte mon cœur,
Dit aussi-tôt Jeannette ;
En voulant crier au voleur,
Elle reste muette.
     Oh ! fillettes, &c.

SCENE VI.

DENISE, SIMON & LUBIN.

LUBIN.

AIR : *Pauvre Guillot & Guillemette.*

Sais-tu bien que Simon me creve,
En courant comme un lévrier.

DENISE, *à Lubin.*

Va-t-en d'abord prendre une feve
Là-haut, dans le petit grenier.　　(*Lubin fort.*)

SIMON.

Peur que le travail ne t'échauffe,
Seul, je ferai tout ce qu'il faut.

DENISE.

Commençons, pour que le four chauffe,
Par allumer vîte un fagot.

SIMON.

AIR : *Dans nos prés, trois Demoifelles.*

Par un accord agréable,
Des yeux nous converferons,
Et feuls de toute la table,
Pourtant nous nous entendrons :
　　Ah ! ma Reine,
　　Ventreguenne,
Que nous aurons d'appétit !

DENISE.

　　Sois plus fage ;
　　Tiens, je gage
Que le four fe refroidit.

S I M O N.

'Assis tout près l'un de l'autre ,
Quand Denise à moi boira ,
Son petit pied sur le nôtre ,
Tout bas m'en avertira.
Ah ! ma Reine , &c.

D E N I S E.

Sois plus sage , &c.

S I M O N.

'Afin que le vin , ma Chere ,
Nous fasse encore plus de bien ;
Tu me glisseras ton verre ,
Je te passerai le mien.
Ah ! ma Reine , &c.

D E N I S E.

Sois plus sage , &c.

D E N I S E.

[Air : *Quand vous entendrez le doux zéphir.*

Le voilà prêt à porter au four ;
Mais par un innocent badinage ,
Du bout du doigt , en signe d'amour ,
Traçons-y quelqu'image ;
Souvent la main par des traits flatteurs ,
Avec adresse ,
Y marque des fleurs.
Mais dans l'ivresse
De la tendresse ,
Gravons-y deux cœurs.

ENSEMBLE.

Auprès du tien par l'art imité ,
Sur ce gâteau que le mien figure ,
En attendant la réalité ,
Joignons-les en peinture.

DENISE.

AIR : *Je m'embarraffe fort peu.*

Voilà deux fois dans un jour
Que Simon m'embraffe :
Sur les doux baifers d'amour
Que l'hymen t'amaffe ,
C'eft autant de rabattu.

SIMON.

En fait de baifer, vois-tu ,
Chofe bonne à prendre
Eft fort bonne à rendre.

SCENE VII.

LUBIN, DENISE & SIMON.

LUBIN, *les furprenant.*

Même Air.

Vous vous embraffez encor
D'une ardeur extrême.
Moi qui veux devenir fort
Dans votre fyftême ,
Je defcendois à tâtons
Pour prendre d'autres leçons ,
C'eft toujours la même.   *bis.*

AIR : *Pour voir un peu comment ça f'ra.*

Ma sœur, ne puis-je adroitement
Placer la feve que j'apporte ?

DENISE.

Oui, mais entre-la bien avant,
De peur sur-tout qu'elle ne sorte.

LUBIN, *à part.*

Mettons-en deux par-ci, par-là,
Pour voir un peu comment ça f'ra.

SIMON, *mettant le gâteau au four.*

.AIR : *Quand la Mer rouge apparut.*

Profitons de la chaleur.

DENISE.

Moi, je vais à la cave.

SIMON.

Denise, n'as-tu pas peur ?

LUBIN.

Elle n'est pas trop brave.

DENISE, *à Simon qui prend la lanterne.*

Pour le coup, Monsieur Simon,
Je vous trouve aussi trop bon.
Non, non, non,
Permettez que ce soit mon frere
Qui là-bas m'éclaire.

SIMON.

Que vous avez mauvais cœur
De refuser le monde !

SCENE VIII.

SIMON, *seul.*

ELLE a l'air de bonne humeur,
Même quand elle gronde;
Ces refus me font languir;
Mais comme on va nous unir,
    Ils vont tous finir.
Quel plaifir! quel plaifir!
Ah! lorfque j'y penfe,
J'en faute d'avance.

(*Il ramaffe la moitié de la lettre.*)

AIR : *Non, je ne ferai pas.*

Quel eft ce papier-là? c'eft de fon écriture;
Lifons; mais jufte ciel! l'ingrate, la parjure!
Viens çà, mon cher ami ,.... tu me feconderas ;
Et j'efpere à la fin ,.... que tu m'enleveras.

Que tu m'enleveras !... Quelque Seigneur fans doute,
Qui, de fon cœur vénal, aura trouvé la route.
Rien ne peut appaifer ma rage & mon effroi,
Mon cher..... & ce billet n'eft pas écrit pour moi.

SCENE

SCENE IX.

DENISE, SIMON & LUBIN.

DENISE.

AIR : *De la Charmante*, Contredanse.

Qu'avez-vous donc, mon cher Simon ?

SIMON.

Oses-tu bien me regarder en face ?

LUBIN.

Qu'avez-vous donc, Monsieur Simon ?

SIMON.

Tout est affreux pour moi dans la maison.

DENISE & LUBIN.

Mais quelle raison ?
Expliquez-vous donc.

SIMON.

Oh ciel ! quelle audace :
Tout mon sang se glace.

DENISE & LUBIN.

Mais quelle raison ?
Expliquez-vous donc.

SIMON.

Quelle trahison !

LUBIN.

Oh ! la triste leçon !

B

SCENE X.

DENISE, SIMON, LUBIN, MARTIN & GRÉGOIRE.

GRÉGOIRE.

Suite de l'Air.

QU'AVEZ-VOUS donc, mon fils Simon ?
Qu'avez-vous donc à faire la grimace ?

MARTIN.

Ma Denife, qu'avez-vous donc ?
Expliquez-vous, d'où vient ce carillon ?

LUBIN.

Papa, c'est Simon,
Qui perd la raison,
Nous gronde, tracasse,
Tempête & menace.

SIMON.

Comment, fans raison !
Quelle trahison !
De notre union
Qu'il ne foit plus question.

MARTIN & GRÉGOIRE.	SIMON.
Des Amoureux voilà bien le jargon :	
Tantôt on crie, & tantôt on s'embralfe.	Tout eft affreux pour nous dans la maifon.
GRÉGOIRE, *à Simon.*	Avec plaifir j'abandonne la place.
Va-t-en m'attendre à la maifon.	DENISE & LUBIN.
MARTIN.	
Et vous, laiffez-nous, pour raifon.	Me foupçonner de trahifon : Hélas ! Simon a perdu la raifon.

SCENE XI.

MARTIN & GRÉGOIRE.

MARTIN.

'AIR : *A Blaye la jolie ville.*

AH ça, mon cher Compere,
Nous voici feuls, j'efpere ;
Nous pouvons maintenant,
Parler fecrettement.

GRÉGOIRE.

Quelle eft la confidence
Qui m'appelle chez toi ?

MARTIN.

Elle eft de conféquence.
Grégoire , écoute-moi.

'AIR : *Chantons les Amours de Jeanne.*

J'ai perdu Jeanne ma femme.

GRÉGOIRE.

Ma femme Hélene a pris fin.

MARTIN.

D'y penfer ça me fend l'ame ;

GRÉGOIRE.

Je ne m'en confole brin.

MARTIN.

La pauvre Jeanne !

B ij

GRÉGOIRE.

La pauvre Hélene !

MARTIN.

Savoit me mener !

GRÉGOIRE.

Tout comme la mienne !

MARTIN.

Savoit me mener par le droit chemin.

Jeanne abhorroit la bouteille.

GRÉGOIRE.

Hélene abhorroit le vin.

MARTIN.

Lorſque j'allois ſous ta treille ,

GRÉGOIRE.

Quand j'allois chez toi , Martin ,

MARTIN.

La pauvre Jeanne !

GRÉGOIRE.

La pauvre Hélene !

MARTIN.

Crioit après moi !

GRÉGOIRE.

Tout comme la mienne !

MARTIN.

Crioit après moi du ſoir au matin.

D'ailleurs ma femme étoit ſage.

GRÉGOIRE.

La mienne, femme de bien ;

MARTIN.

Quant à l'honneur du ménage,

GRÉGOIRE.

Et quant à notre lien,

MARTIN.

La pauvre Jeanne !

GRÉGOIRE.

La pauvre Hélene !

MARTIN.

Ne m'a jamais fait !

GRÉGOIRE.

Non plus que la mienne !

MARTIN.

Ne m'a jamais fait me plaindre de rien.

AIR : *Les Mariniers d'la Grenouillere.*

J'ai quasiment perdu la tête,
Depuis qu'elle a perdu le jour.
Tu connoissois dans ce séjour
Son beau goblet des jours de Fête ;
Chez toi le pareil est, je crois,
Et sert quand on chomme les Rois.

GRÉGOIRE.

AIR : *Accourez tous, & que chacun écoute.*

Eh bien !

B iij

MARTIN.

Eh bien ! on me l'a pris, Compere.

GRÉGOIRE.

On te l'a pris ?

MARTIN.

On me l'a pris vraiment.

GRÉGOIRE.

Courons, ami, chercher le téméraire
Qui t'a volé ce meuble intéreffant.

MARTIN.

Tu prends la chevre,
Car c'eft l'Orfevre
Qui me l'a pris pour le poids de l'argent.

GRÉGOIRE.

AIR : *De la Vaudreuil*, Contredanfe.

Ah ! Compere, ah ! Compere,
Ce n'eft pas bien ;
Mais c'étoit néceffaire
Pour diftraire
La peine amere
Que vous couviez au fond de votre fein.

Et moi ! n'ai-je pas, dans la gêne,
Vendu ces couverts argentés,
Qu'en ménage ma chere Hélene
M'avoit par furcroît apportés ?

MARTIN.

Ah ! Compere, ah ! Compere,
Ce n'eft pas bien ;
Mais c'étoit néceffaire
Pour diftraire

La peine amere
Que vous couviez au fond de votre sein.

Les miens sont à ton service.

GRÉGOIRE.

Compte sur le même office ;
Viens prendre, avant le service,
Mon grand goblet pareil au tien.

ENSEMBLE.

Ah ! Compere, ah ! Compere,
C'est un malheur ;
Mais pouvions-nous mieux faire ?
Ah ! Compere, ah ! Compere,
Il falloit bien avaler la douleur.

SCENE XII.

DENISE & LUBIN, *mettant le couvert.*

LUBIN.

AIR : *Non, mes amis, nous n'avons sur la terre.*

(des deux Sylphes.)

PEUT-ÊTRE aussi, Denise, que son pere
Le forcera de souper avec nous ;
Dans ce cas-là, malgré votre colere,
Il faudra bien que vous filiez plus doux.
Ma sœur, laissez-moi faire,
Et mettre son couvert
Auprès du vôtre, à l'ordinaire,
Vous ferez la paix au dessert.

DENISE.

Nenni vraiment, je n'entends plus, mon frere,

Que déformais il foit à mon côté ;
Et loin du mien, je prétends au contraire,
Que fon couvert foit ici tranfporté.
Evitons d'être en face ;
Mais las ! bon gré, mal gré,
Dans quelqu'endroit que je me place,
Lubin, toujours je le verrai.

L U B I N.

C'en eft donc fait, votre brouille eft certaine :
Vous le fuyez, de peur de l'écouter ;
Et dès ce foir, en cédant à la haine,
Vous allez donc, ma fœur, le détefter ?

D E N I S E.

Qui, moi ? que je l'abhorre ?
Ah ! s'il m'abandonnoit,
Je l'aimerois fans doute encore,
Juge, Lubin, s'il revenoit.

S C E N E X I I I.

GRÉGOIRE, MARTIN, SIMON, DENISE, LUBIN, Payfans & Payfannes.

G R É G O I R E.

AIR : *D'un bal d'Auvergne.*

ÇA, qu'on s'en donne :
Faifons honneur à Martin ;
Et que fa tonne
Sonne
Creux demain.

(*à Simon.*)

Vous, Monfieur le mutin,
C'eft moi qui vous l'ordonne :
Cachez votre chagrin
Pendant tout le feftin.

MARTIN & LE CHŒUR.

Ça, qu'on s'en donne :
Qu'on faffe honneur à Martin,
Et que fa tonne
Sonne
Creux demain.
Honneur au jus divin
Que l'on doit à l'Automne :
Banniffons le chagrin
Pendant tout le feftin.

MARTIN, *faifant affeoir tous les Payfans près de la cheminée.*

Air : *C'eft bien fort pour nous.*

Autour d'un bon feu,
Attendre eft un jeu.
Les notables du lieu
Vont venir fous peu :
Affis au milieu,
Je vous vais, morbleu !
Lire, avec votre aveu,
L'Almanach gros-bleu
Du fameux Matthieu.
Il nous promet une année
Merveilleufe & fortunée ;
A la chicane exterminée,
Le droit furvivra,
Et feul régnera.

SCENE XIV.

Les Précédens & LE BAILLI.

MARTIN.

Monsieur le Bailli.

LE BAILLI.

Bon foir, mon ami.

MARTIN.

Vous avez l'air tranfi ;
Placez-vous ici.

LE BAILLI.

Meffieurs, grand'merci :
Je fuis bien ainfi ;
Mais que je fache auffi
Ce qu'en raccourci
Dit ce livre-ci.

MARTIN.

Il nous promet une année
Merveilleufe & fortunée :
Nombre d'ânes dans la contrée
Enfeigneront
Plus qu'ils ne fauront.

SCENE XV.

Les Précédens & LE MAGISTER.

MARTIN.

C'Est le Magifter.

LE MAGISTER.

Qu'on refte couvert ;
Au coin qui m'eft offert,
Puifqu'on le requiert,
Plus prompt qu'un éclair,
Laiffez-moi filer,
Et du propos difert,
Qu'on avoit ouvert,
Que je fois au pair.

MARTIN.

Oh ! l'heureufe deftinée
Qu'on nous promet cette année !
La Médecine illuminée
    Triomphera
Des maux qu'on aura.

SCENE XVI.

Les Précédens & LE FRATER.

MARTIN.

Monsieur le Frater.

LE FRATER.

Sans fairé lé fier,
Jé m'en vais prendre un air

Dé cé feu d'enfer :
Commé cé frac verd
Eſt un peu trop clair ,
Capé-dé-bious ! mon Cher ,
Entré cuir & chair ,
J'ai , jé crois , l'hiver.

MARTIN.

Je reprends la deſtinée
Qu'on nous promet cette année :
La Muſique au plaiſir tournée ,
Déſormais rira ,
Et badinera.

SCENE XVII ET DERNIERE.

Les Précédens & LE CARILLONNEUR.

MARTIN.

LE Carillonneur.

LE CARILLONNEUR.

Ah ! c'eſt trop flatteur
Pour un pauvre Sonneur ,
Qui met ſon bonheur
A briguer l'honneur
De votre faveur.
Je ſuis de tout mon cœur ,
Meſſieurs & Monſieur ,
Votre ſerviteur.

MARTIN.

AIR : *Banniſſons toute triſteſſe.*

Ça nous voilà tous, je penſe ;
Il faut qu'on commence

A s'atabler tous en rond ;
Asseyez-vous donc,
Point de façon,
De préséance :
Point d'attention
Pour le Maître de la maison.

LE CHŒUR.

Cédons tous à son instance,
Et d'intelligence,
Asseyons-nous tous en rond.

LE BAILLI.

Avec ce flacon,
Lions au plutôt connoissance;
Cet échantillon
N'est-il pas d'un beau vermillon ?

LE CHŒUR.

Cédons tous à son instance,
Et d'intelligence,
Faisons sauter le bouchon.

GRÉGOIRE.

Bailli du canton,
De ce gâteau qu'on vous avance,
Par dimension,
Calculez la division.

LE CHŒUR.

Répondez à notre instance ;
Point de résistance,
Ni de mauvaise raison.

LE BAILLI.

AIR : *Quoi ! Suzon.*

Oui , je sens
Tout l'encens

De l'hommage ;
Mais pour l'honneur du repas
Ne me confiez pas
Un femblable partage.
Mieux que moi,
Sur ma foi,
Pour le faire,
Tous ces Meffieurs que voilà,
Ont le compas dans la
Vifiere.

Vous n'en voulez pas démordre,
Votre filence eft un ordre ;
Avifons,
Et vifons,
Plus de trêve.
Foin de moi, fi mon conteau
Coupe avec le gâteau
La fêve.

Mais voici,
Dieu merci,
Les parts faites.
Je ne me reconnois plus,
Je renonce à mes us,
Ami, quand tu nous traites,
Je furfeois
A mes loix
Capitales,
Sans avoir pour moi d'égards,
J'ai fait toutes les parts
Egales.

AIR: *C'eft un enfant.*

Cachons la gâteau fous un voile,
Et que fans attendre plus tard,
Chacun au gré de fon étoile,

Accepte son lot du hasard ;
Mais pour l'ordinaire,
Dans pareille affaire,
Ne savez-vous pas qui l'on prend ?

LE CHŒUR.

C'est un enfant. *bis.*

LUBIN.

AIR : *Jeune & novice encore.*

Jeune & novice encore,
J'accepte cet emploi ;
Mais un feu que j'ignore,
Trouble ma bonne foi.
Si je pouvois conduire
Le sort à volonté :
Je sens qu'ici l'Empire
Seroit pour la beauté.

GRÉGOIRE.

AIR : *Catherine s'est coëffée.*

Lorsqu'il fait à tout le monde
Son partage clandestin,
En buvant tous à la ronde,
Attendons notre destin :
Tin, tin, tin, tin, tinrlin tintin.

Si je suis Roi de la fève,
Je prétends, mon cher Martin,
Que mon règne ne s'acheve
Qu'à six heures du matin :
Tin, tin, &c.

J'aurai pour trône une tonne
Pleine de ce jus divin,
Un cerceau pour ma couronne,
Et pour sceptre un broc de vin :
Tin, tin, &c.

Si quelque buveur d'eau gronde,
Les canons ne font pas loin;
Je lui lâcherai la bonde
De fix bariques de vin :
Tin, tin, &c.

LE BAILLI.

Air : *Le Roi paffoit.*

Meffieurs, Meffieurs, c'eft le moment
Intéreffant,
Chacun en évidence,
Va voir fa chance.
Or, filence
Un inftant :
Sachons quel eft le Roi.

MARTIN.

Moi, j'ai la feve.

GRÉGOIRE.

Moi, j'ai la feve.

ENSEMBLE.

C'eft moi : c'eft toi : c'eft moi.
Morguoi ! jarniguoi !
Que j'endeve !

LE BAILLI.

Lorgnons deux fois ;
Mais c'eft, je crois,
Un rêve :
Ils font deux Rois.   *bis.*

LE CHŒUR.

Ils font deux Rois !,   *bis.*

GRÉGOIRE.

GRÉGOIRE.

AIR: *Nous voyageons parmi le monde.*

Foin du malheur qui nous arrête,
Cet accident
Ote, en nous troublant, de la fête
Tout l'agrément.

MARTIN.

Elle aura fait ce beau coup-là
Par trop de hâte ;
Ou bien c'eſt ton fils, car il a
Mis la main à la pâte.

LE BAILLI.

AIR: *Chantons les Matines de Cythere.*

Ils ont tous les deux le diadême ;
Je ne trouve-là rien de fâcheux :
Voici là-deſſus tout mon ſyſtême :
Au lieu d'un ſeul coup, nous en boirons deux.

LE CHŒUR.

De la gaîté Grégoire eſt le pere :
Et réjouira tous ſes Etats :
Martin eſt de même un bon compere ;
Abondance de bien ne nuit pas.

Ils ont tous les deux, &c.

GRÉGOIRE.

AIR: *Du fleuve d'Oubli.*

Parmi toute la troupe,
Etabliſſons mon droit.

LE CHŒUR.

Le Roi boit.

C

GRÉGOIRE.

Plus je vuide ma coupe,
Et plus ma foif s'accroît.

LE CHŒUR.

Le Roi boit.

MARTIN.

Ça, prête-la moi , Grégoire,
Tu fais ce qu'on me doit ;
Je veux boire, je veux boire, je veux boire.

GRÉGOIRE.

Laiffez-moi donc tranquille ,
Je n'en ai pris qu'un doigt.

LE CHŒUR.

Le Roi boit.

MARTIN.

Vous échauffez ma bile ,
Avec votre fang froid.

LE CHŒUR.

Le Roi boit.

GRÉGOIRE.

Ce goblet eft à Grégoire,
Le Maître de l'endroit....

MARTIN.

Paix ! Grégoire. *bis.*

GRÉGOIRE.

A vendu le fien pour boire.

MARTIN.

Air : *Du Vaudeville du Roi de Cocagne.*

Le gourmand qui me fait ce reproche,
A, Meffieurs, mis à couvert,

Pour avoir dequoi garnir ſa broche,
Juſqu'à ſon dernier couvert,
Et cependant le maroufle me raille ;
Mais chez moi j'ai du pouvoir ;
Je te ferai voir
Que tu n'es qu'un Roi de paille.

GRÉGOIRE.

AIR : *Tremble, Lucas, &c.*

Tremble, Martin, tu connois mal ton monde,
Je prétends ſeul chez toi regner toute la nuit ;
Quand un buveur en colere me gronde,
Autant que lui je ſais faire du bruit.

GRÉGOIRE & MARTIN.

Je m'en vais te lancer cette bouteille,
Dont à l'inſtant je viens d'armer ma main ;
Mais de peur de ſouiller cette liqueur vermeille,
Ivrogne, ce ſera quand j'aurai bu le vin.

LE CHŒUR.

AIR : *Qu'il eſt doux d'exercer ſa haine !*

Quel eſt donc cet excès de rage ?
Oppoſez-vous à ce tapage,
Finiſſez donc.

GRÉGOIRE & MARTIN.

Non, non, non,
J'enrage,
Finiſſez donc,
Non, non.

bis.

LE BAILLI.

AIR : *Quand un Tendron vient dans ces lieux.*

Si vous ne vous reſpectez pas,
Reſpectez ma perſonne.

C ij

De terminer tous vos débats,
 C'est moi qui vous ordonne.
Où sont vos feves ?

GRÉGOIRE & MARTIN.
Les voilà.

LE BAILLI.

A vos deux enfans qui sont là,
  Là, là,
Donnez-les, & l'on verra
Que l'Amour les réunira.

LUBIN.

Ah ! vraiment, Monsieur le Bailli,
C'est bien une autre affaire ;
Denise & Simon sont aussi
Tous deux bien en colere.

LE BAILLI.

Eh mais ! mon Dieu, qu'apprends-je là ?
 Quelle est donc cette race là,
  Là, là ?
Faisons pour finir cela ;
Taire ceux-ci, parler ceux-là.

SIMON.   DENISE.

Air : *La nouvelle Gracieuse*, contredanse.

Monsieur, laissez notre querelle,	Puisqu'il fait durer la querelle,
Je ne veux rien approfondir.	Sans daigner ici l'éclaircir,
C'est une ingrate, une infidelle,	Ah ! sans doute, il est infidèle,
Dont je perdrai le souvenir.	Hélas ! devoit-il me trahir ?

DENISE.

Ah ! quel tourment !
Ah ! quel moment
C'est pour mon cœur toujours innocent !

SIMON, *montrant la moitié de la lettre.*

Amante perfide & parjure,
Démentez donc votre écriture.....

DENISE.

Si c'eſt-là tout, bientôt je jure
De mettre fin
A ton chagrin.

SIMON.

Je n'en crois rien.

DENISE.

Tu n'en crois rien.
Fort bien, fort bien.

SIMON.

Non, je n'en crois rien.

DENISE, *lui montrant l'autre moitie.*

Quoi ! tu n'en crois rien ?
Sur cette méprife groſſiere
Pouvois-tu fonder ton courroux ?
Lis maintenant la lettre entiere,
Et s'il ſe peut, reſte jaloux.

SIMON *lit.*

AIR : *Non, je ne ferai pas.*

Viens ça, mon cher ami,... nous tirerons la feve,
Tu me ſeconderas.... pour que mon vin s'acheve.
Et j'eſpere à la fin.... du plus gai des feſtins,
Que tu m'enleveras.... par tes joyeux refrains.

AIR : *Ton humeur eſt, Catherine.*

Aurois-tu l'ame aſſez bonne
Pour vouloir encore de moi?

DENISE.

Va, méchant, je te pardonne.

SIMON.

Sois ma Reine.

DENISE.

Et toi mon Roi.

LE BAILLI.

Cette inconcevable histoire
Nous apprend sans contredit,
Qu'on a souvent tort de croire
La moitié de ce qu'on lit.

MARTIN.

AIR : *Amis, si vous voulez m'en croire.*

Ami, l'exemple nous engage
A nous rapatrier promptement;
Dès demain à leur mariage
Nous songerons solidement.

MARTIN & GRÉGOIRE.

Après d'aussi vives alarmes,
Que la paix regne en ce séjour,   } *bis*
Et goûtons de nouveau les charmes, } *en chœur.*
Nous de la bouteille, eux de l'amour. }

LE CHŒUR.

AIR : *La Colisée*, contredanse.

A boire, à boire
Dans la coupe de la Reine & du Roi,
A boire, à boire
Dans la coupe du Roi.

SIMON.

Tout beau, Messieurs, c'est moi
Qui fais la loi;

Je foutiendrai ma gloire
En vous forçant, autant qu'il eſt en moi,
Par un édit notoire....

LE CHŒUR.

'A boire, à boire
A la ſanté de la Reine & du Roi,
A boire, à boire
- Dans la coupe du Roi.

SIMON & DENISE.

Plus que Bacchus au ſein de notre gloire,
L'Amour, je croi,
Me fait regner ſur toi.

LE CHŒUR.

'A boire, à boire
'A la ſanté de la Reine & du Roi,
A boire, à boire
'A la ſanté du Roi.

MARTIN.

Dans nos débats que de mauvaiſe foi !
Oublions-les, Grégoire.

GRÉGOIRE.

Ma foi, Martin, je penſe comme toi :
Perdons-en la mémoire....

LE CHŒUR.

'A boire, à boire
A la ſanté de la Reine & du Roi,
A boire, à boire
'A la ſanté du Roi.

SIMON, *au Public.*

Si nous paſſons de la Fable à l'Hiſtoire,
Le cœur, Meſſieurs, vous portera, je croi,
A boire, à boire
A la ſanté de la Reine & du Roi,
A boire, à boire
A la ſanté du Roi.

F I N.

Lu & approuvé pour la Repréſentation & pour l'Im-
preſſion. A Paris, le 2 Janvier 1782.

Signé, S U A R D.

Vu l'Approbation, permis de repréſenter & imprimer.
A Paris, ce 2 Janvier 1782.

Signé, **LE NOIR.**

De l'Imprimerie de CHARDON, rue Galande. 1782.

www.ingramcontent.com/pod-product-compliance
Lightning Source LLC
Chambersburg PA
CBHW060844180626
46818CB00004B/1585